Mark Sarg

Die pittoreske Leiche

Mark Sarg

Die pittoreske Leiche

Bizarre Kurzgeschichten

Goldene Rakete Verlag für Belletristik

Imprint
Any brand names and product names mentioned in this book are subject to trademark, brand or patent protection and are trademarks or registered trademarks of their respective holders. The use of brand names, product names, common names, trade names, product descriptions etc. even without a particular marking in this work is in no way to be construed to mean that such names may be regarded as unrestricted in respect of trademark and brand protection legislation and could thus be used by anyone.

Cover image: www.ingimage.com

Publisher:
Goldene Rakete Verlag für Belletristik
is a trademark of
International Book Market Service Ltd., member of OmniScriptum Publishing Group
17 Meldrum Street, Beau Bassin 71504, Mauritius
Printed at: see last page
ISBN: 978-620-0-51924-5

INHALTSVERZEICHNIS

DER PAPST ALS EICHHÖRNCHEN

„Putzig und lieblich wie ein Eichhörnchen! So könnte man sich endlich einmal ***reinen Gewissens*** im Spiegel betrachten!“, sinnierte Papst Schaumkirsch der Aufgeblasene verklärt in einer schöpferischen Minute.

Da dies aber wohl kaum in Bälde zu erwarten wäre – ließ er sämtliche Spiegel im Vatikan ***abhängen***.

DIE TANTE AUS DEM JENSEITS

Zwecks Behütung seines Neffen Dorius Greenlachs erschien ihm der vormalige Sir Geckford Wanderkropf in den Träumen stets als „***Tante*** Miranda“, die er zu ihren Lebzeiten nie kennengelernt habe.

Denn sich als ***Onkel*** auszugeben, hätte wenig Sinn ergeben, da sein Zögling leider zu viel Zeitung las und eine sehr ***ein***dimensionale Fantasie besaß – weswegen *Onkel* für ihn lediglich synonym für „***böser*** Onkel“ war.

Der überaus Ängstliche hatte deshalb sogar flehentlich an seine Schwester Hester appelliert, nur ***ja*** keine Kinder in die Welt zu setzen, damit er nicht „automatisch“ zu einem solchen Unhold würde.

Diese freilich hatte andere Pläne – und machte ihn glatt zum ***fünffachen*** Onkel!

So viel geballtes „Böses“ konnte er nun wirklich nicht verkraften, und gedachte schon verzweifelt aus dem Leben zu scheiden – als ihm die gute Tante aus dem Jenseits jetzt doch offenbarte, dass sie in Wahrheit sein ***Onkel*** gewesen war.

Und erst dieserart ***getröstet***, sah er sich forthin imstande, sein schweres Schicksal zu meistern!

DER ONKEL AUS DEM JENSEITS

Um dem in einer tiefen Lebenskrise befindlichen Signor Isidoro Brummhaus mit praktischem Rate beizustehen, stattete ihm der frühere Monsignore Umberto Samtlaus einen nächtlichen Besuch ab – wobei er sich als „Onkel aus dem Jenseits“ vorstellte.

Da er hierfür aber eine höchst ***einnehmende*** Gestalt angenommen hatte, ***verliebte*** sich der Darbende augenblicklich in ihn – und bestand darauf, seine Probleme gleich ***radikal*** zu lösen, indem er ihm einfach ***hinüber***folgte!

DER PAPST ALS HIMBEERGEIST

Durch den ständigen, überreichen Genuss spirituöser Getränke – allen voran seines heißgeliebten Himbeerlikörs – ***besonders*** anfällig für Halluzinationen, sah sich Papst Schlaffsack der Majestätische eines Nachts selbst als edlen jungen „Himbeergeist“ mit wallendem rötlichem Haar.

Er verliebte sich augenblicklich in sich, brannte mit sich durch – und ward nie mehr wiedergesehen.

DER PAPST ALS BACKPULVER

Wann immer einer der unzähligen höllischen Feiertage angesetzt ist, ***schwören*** die dortigen Chefköche bei der Tortenzubereitung auf Backpulver ***päpstlicher*** Provenienz.

Durch die überreich aufgestauten fanatisch-religiösen Energien wüchsen die Torten schon nach kürzester Backzeit zu wahrhaft imposanter, ***gewaltiger*** Größe.

Nur hinsichtlich des ***Geschmacks*** müsse man sich freilich mit großzügigster Beigabe ***herkömmlicher*** Zutaten behelfen …

DIE FLOTTE LEICHE (3)

Noch als Leiche war Mrs. Agnes Springgeist so flott, dass sie – kaum hatte sie ihren Zustand realisiert – auch schon wieder neu ***geboren*** war …

DER PAPST ALS STOLPERSTEIN

Er sei ein Stolperstein für die geistige Aufklärung und Entwicklung der Menschheit, wurde Papst Spargelknecht V. mittels Traumvision beschieden.

Worauf er schleunigst aus dem Bett stolperte, tausendmal um Vergebung winselte und sich völlig ins Privatleben zurückzog.

Gäbe es bloß ***mehr*** solcher Visionen – und vor allem ***Reaktionen***!

DER PAPST ALS NUDELBRETT

Schlank wie ein Nudelbrett wollte Papst Wildkrapf der Engagierte sein, um dem Schöpfer nur ja keine „Schande“ zu bereiten.

Da er aber einfach viel zu gerne Nudeln ***fraß***, glich sein Äußeres im Laufe der Zeit immer mehr einem „Nudel***fass***“.

Wofür er natürlich ausschließlich die kulinarischen Verführungskünste ***Satans*** verantwortlich machte …

DIE SEEHUNDPARTY

Aus Anlass ihrer Wiedergeburt feierte eine Gruppe von Seehunden eine wilde, ausgelassene Party – wobei als spezieller Ehrengast sogar ein „Salonlöwe“ geladen war.

Der Hauptgrund für ihren Übermut bestand allerdings darin, dass sie allesamt früher ***Menschen*** gewesen waren – und dieses Kapitel für sich nun als endgültig ***abgeschlossen*** betrachteten.

Wenn sie sich da mal nur nicht getäuscht hatten …

DER MORD UND SEINE HANDTASCHE

Ein Mord trug immer eine Handtasche bei sich, um seine Opfer ordentlich verwahren zu können.

Eines Tages borgte sich seine Gemahlin, die ihre eigene verlegt hatte, die Tasche rasch für einen Opernbesuch. Als sie beim Öffnen in der Pause eine geschrumpfte Leiche darin fand, suchte sie sofort ihren Anwalt auf, um die Scheidung einzureichen.

Nachdem sie aber erfahren hatte, dass das Opfer ihre (unbekannte) ***Rivalin*** gewesen war, zog sie den Antrag zurück und schenkte ihrem Gatten einen Strauß roter Rosen.

Nicht ahnend, dass trotzdem bald auch schon ***sie*** in der Tasche landen würde …

DER PAPST ALS HIRSEBREI

Papst Grasmück liebte leidenschaftlich Hirsebrei.
Nur ***dabei*** fühlte er sich rundweg wohl und ***frei***.

So konnte es für ihn bloß ***eine*** Lehre daraus geben
– er wurde ***selber*** Hirsebrei im nächsten Leben!

DER TREULOSE SARG

Immer wenn Signora Iolanda Speckhüpf Ausgang hatte, stellte ihr Sarg sich ***anderen*** Leichen für ein Schäferstündchen zur Verfügung.

Und das, obwohl sie selber ***niemals*** einen anderen Sarg beachtet hätte – da sie streng katholisch und daher monogam war!

DAS BELEIDIGTE NILPFERD

Um zum „Ball der Saison“ zurechtzukommen, wollte ein Nilpferd noch rasch seine feuchte Perücke föhnen, fand aber keine Steckdose in der Nähe.

„Sollen doch ***ohne*** mich tanzen, die Löcher!“, entschied es beleidigt – und stieg wieder ins Wasser, um ein entspanntes Bad zu nehmen.

DER BEZAUBERNDE AFFE

Wegen seiner oftmals geradezu rührenden Tollpatschigkeit wurde Monsieur Silvère Waschlaus von Gemahlin Girofla gerne als „bezaubernder Affe“ tituliert.

Dies hinderte ihn freilich keineswegs daran, jahrelang sie ***selber*** zum Affen zu machen – indem er sie mit ihrer besten Freundin, Demoiselle Madeleine Schmalzopf betrog.

DER RATTENNIKOLO

Ein Nikolaus trat stets mit einem ***Ratten***kopfe in Erscheinung. Und nur solche Kinder, die ihn ***trotzdem*** wertschätzten und liebten, wurden aus seinem Füllhorn überreich bedacht – wohingegen die anderen rasch die Rute von Knecht Ruprecht zu spüren bekamen.

Damit gedachte er der permanenten Verunglimpfung und Diskriminierung jener ehrenwerten, possierlichen Tierchen als „Schädlinge" entgegenzutreten – wo doch die Menschheit selber das einzig ***wahre*** „Ungeziefer" ist!

Es wäre durchaus wünschens- und empfehlenswert, dass sich auch ***heutige*** Kollegen am Beispiel dieses weisen Mannes orientieren …

DIE BUTTERBROTLEICHE

Miss Agatha Sandlaus hatte für ihr ***Leben*** gern Butterbrote verzehrt – und konnte es daher kaum erwarten, wiedergeboren zu werden.

Da man aber natürlich niemals als „Gleicher" zur Welt kommt, zog sie dann ***Schmalz***brote ganz eindeutig vor. „Immerhin – Fett ist ***beides***", tröstete sie sich.

Weil sie jedoch zunehmend gesundheitsbewusst war, nahm sie sich schon für ihr ***nächstes*** Dasein prophylaktisch vor, es auch mal mit purem ***Knäcke***brot zu versuchen …

VERGEUDETE RESSOURCEN

Beim Besuche einer Opernsoiree fiel eine Elfe in Trance und erkannte plötzlich in einem Herren in mitternachtsblauem Smoking in der Vorderreihe ihren ***Mörder*** aus ihrer beider ***Vorleben*** wieder.

„Sie vergeuden einfach Ihre Ressourcen, mein Herr, wenn Sie Derartiges tun!“, wandte sie sich in der Pause an ihn und ließ ihn verdutzt stehen, da er leider keine Ahnung hatte, was sie meinte.

Als er jedoch bald darauf selber zum Mordopfer wurde, kehrte seine Erinnerung schlagartig wieder – und er bat sie nun in aller Reue um Vergebung.

DER PAPST ALS EINHORN

Um sich erheblich ***deutlicher*** als seine Vorgänger vom Teufel abzugrenzen – der ja angeblich zwei Hörner trägt –, apostrophierte sich Papst Honignudel der Schmackhafte stets als „schlichtes ***Ein***horn“.

Und wurde prompt vom Nachfolger, Papst Zimtpudel dem Gelehrigen, wegen seiner „außerordentlichen Bescheidenheit und Einsicht“ heiliggesprochen.

DAS ENDE EINER LIAISON

Die welkenden Künstler Manon und Gaston
verkündeten stolz das Ende ihrer Liaison.

Einen Grund hierfür nannten sie nicht –
doch war darauf ohnehin keiner erpicht!

DAS LIEBE KERLCHEN

Ein liebes Kerlchen purzelte Papst Grünspan dem Edlen in die Suppe.

Da es so lieb war, segnete er es, ehe er es verschlang.

Wäre es etwas weniger lieb gewesen – hätte er es ***exkommuniziert*** davor.

DIE PARFÜMIERTE LEICHE

Comtesse Limousine Brummkropf pflegte sich jeden Morgen mit Chanel N° 5 zu parfümieren.

Als sie das Fläschchen einmal nicht fand und auch ihr Sarg ihr nicht weiterhelfen konnte, ließ sie einfach ein ganzes Fass davon liefern.

Platz genug hatte sie ja im Grabe – und Geld spielte ohnehin keine Rolle.

Schließlich hatte sie reich geerbt!

DER GEHEIMNISVOLLE MORD

Ein Mord war so geheimnisvoll, dass man gar nichts von ihm wusste.

Als er sich dennoch eines Tages zu erkennen gab, war das Entsetzen ganz gewaltig – denn nun hatte man nicht einmal genügend Zeit, davonzulaufen …

DER FESCHE MORD (2)

Ein Mord war so fesch, dass man ihm ***nie*** angemerkt hätte, was er war.

Lediglich seinen Opfern wurde die Auszeichnung zuteil, sein ***wahres*** Gesicht kennenzulernen!

DER ANGENEHME MORD (2)

Ein Mord war so angenehm, dass sich jedermann augenblicklich zu ihm hingezogen fühlte – und sich bei seinem ***Leben*** weigerte, ihn jemals wieder zu verlassen!

DER PAPST ALS TAGEDIEB

„Dieser elende Kerl stiehlt mir noch meine besten Tage!“, stöhnte Luzifer, sooft er an den amtierenden Papst Wildschwein den Bezaubernden dachte.

Und weshalb er dies dann nahezu ***unentwegt*** tat?

Papst und Teufel scheinen eben eine geradezu magnetische, unwiderstehliche Anziehungskraft aufeinander auszuüben …

DER PAPST ALS NACHTLUMP

Um einen christlich-frommen Ausgleich zum verschwenderischen Luxus seiner ***Tage*** herzustellen, streifte Papst Fettkropf der Borstige nachts immer in völlig ***zerlumpten*** Gewändern und mit „verrußtem" Gesicht durch die finstersten und elendsten Gassen Roms.

Als man ihn just in ***diesem*** Zustande ohne jeden Ausweis entseelt auffand, bestattete man ihn auch gleich ohne weiteres Aufheben als Lump in einem Armengrab.

Die bloße ***Vorstellung***, dass dies der bald darauf allgemein vermisste Papst gewesen sein könnte, hätte jedermann mit Schaudern und ***Empörung*** als „Gotteslästerung" zurückgewiesen!

DIE SCHNARCHENDE LEICHE

Baron Schmusemund Saughengst schnarchte nachts immer so laut und hingebungsvoll, dass sich die Gruftgenossen – nachdem er selber keine Einsicht zeigte – regelmäßig bei der Friedhofsverwaltung beschwerten.

Und stets aufs Neue abgewiesen wurden: „Unsere Vertrags- und Nutzungsbedingungen sehen leider ***keine*** Garantie auf Schnarchfreiheit vor!“

DER KLEINE MORDL

Ein Mord war so klein, dass ihn seine Kumpanen ein wenig herablassend „Mordl“ riefen.

„Ihr ***könnt*** mich alle mal!“, gab er ihnen indes stets zu verstehen.

Und dieser Einladung hätten sie in der Tat auch sehr gerne Folge geleistet – wäre er nicht selbst ***dazu*** viel zu klein gewesen …

DER LACHENDE MORD

In einer Art „befreiender wahnwitziger Selbsterkenntnis“ lachte ein Mord einen ganzen Tag lang schallend und dröhnend über seine maßlose ***Torheit*** – die ihn auf seinen verhängnisvollen Weg geführt hatte.

Ehe er dann plötzlich verstummte und sich selber richtete.

DER PAPST ALS KANARIENVOGEL

Papst Winterspecht XI., der sich zu Lebzeiten durch besonders lautes und ***falsches*** liturgisches Singen hervorgetan hatte, durfte dies zur Erbauung des Höllenfürsten – der natürlich ein anderes Musikverständnis besitzt – auch danach noch tun.

Ganzen Messen auf Lateinisch lauschte dieser andächtigst und war voll des Lobes für den Interpreten. „Für mich sind Sie der reinste ***Kanarienvogel***!“, schwärmte er immer wieder und räumte seinem Günstling dafür sogar einige Sonderrechte ein.

So war es ihm etwa erlaubt, jeden Sonntag einen beliebigen der unzähligen gleichfalls am selben Ort weilenden Christen feierlich zu „exkommunizieren“ – wobei ihm die Auswahl nie schwerfiel.

Bei so viel vergnüglicher Aktivität dürfte sich der Aufenthalt des Papstes dort wohl über einen sehr ***langen*** Zeitraum erstreckt haben …

DER PAPST ALS SAURÜSSEL

Jahrelang überlegte Papst Grünschweif der Erbauliche krampfhaft, wie er sich beim Schöpfer einen Bonus für ***besonders*** demütiges Handeln „erwirtschaften" könnte – und hatte endlich die glorreiche Idee, sich für einen Tag in einen Saurüssel[1] zu verwandeln.

Zwar war er hierzu natürlich auf die Magie Satans angewiesen, aber da ja gerade in der Kirche ohnehin der ***Zweck*** die Mittel heiligt, stellte dies kein Hindernis für ihn dar.

Als nun just am betreffenden Morgen der Chefkoch des Vatikans, Monsignore Ernesto Treibhaus, als Erster die heiligen Gemächer betrat, um sich nach den aktuellen Menüwünschen zu erkundigen, und entzückt einen überaus delikaten Saurüssel im Bette fand, wunderte er sich nicht lange, sondern nahm in gleich begeistert mit – in der Absicht, den Heiligen Vater mittags dann mit einem ungewöhnlich ***köstlichen*** Gerichte zu überraschen.

So hatte dessen „stolze Demutsgestalt" leider nicht mal einen ***halben*** Tag überdauert!

---

[1] Schweinerüssel

DER VERLEGENE VERLEGER

Verleger Axel Schaumhirsch war durch und durch verlegen, weil er ein zu verlegendes Manuskript verlegt hatte und es nun nicht mehr finden konnte.

Und dabei war es sein ***eigenes*** und bis dato ***einziges*** gewesen!

MADAME HUTSCHEISSER

Madame Musette Hutscheißer war eine legendäre begnadete Tänzerin, deren Karriere erstaunlich ***lange*** angehalten hatte.

Selbst nach dem Rückzug ins Privatleben veranstaltete sie regelmäßig überaus anspruchsvolle Abende mit ehemaligen Kolleginnen und befreundeten Künstlern, die als „Hutscheißer-Soireen" in die Geschichte eingingen.

Und als sie endgültig ***nicht*** mehr zu tanzen vermochte, bestand sie darauf, mit ihrem greisen und ***völlig*** unbegabten Gatten Damien einen krönenden „Abschieds-Pas de deux" zu zelebrieren – bei dem sich dann ***beide*** das Genick brachen.

Ihr Grabstein trägt noch heute die verwitterte Inschrift:

„In Ästhetik wollte ich enden – doch mein ***Gemahl*** zeigte Befremden!"

DIE MUTIGE LEICHE

Die ehemalige Spitzensportlerin Käthe Wildzopf ließ sich stets voll stolzer Kühnheit mit geschlossenen Augen und einer Rolle rückwärts in den Sarg fallen.

Bis er ihr einmal blitzschnell den Deckel vor der Nase zuschlug, sodass ihre Landung höchst unsanft ausfiel.

„Mut ist eine gute Sache, Fräulein", erklärte er ihr in väterlichem Tonfall, „Blindes Vertrauen hingegen nicht ***immer***!"

DIE DOGMATISCHE LEICHE

Oberstudienrat Naftan von Wirrkopf legte allergrößten Wert darauf, immer mit dem linken Fuß ***zuerst*** aus dem Sarg zu steigen, um sich hernach feierlich zu bekreuzigen.

Diese kleine „Zeremonie“ vermochte ihn ein wenig darüber hinwegzutrösten, wie ***sehr*** er sämtliche anderen Dogmen aus Kirche und Staat, die ihn sein Leben lang so überaus ***treu*** begleitet hatten, nun vermisste.

DIE TRAUMLEICHE

Mrs. Esther Grasmück war eine wahre ***Traum***leiche.

Denn sie träumte unentwegt davon, wie schön es wäre, ***keine*** Leiche mehr zu sein.

Und als sie dies endlich geschafft hatte – träumte sie noch lange ***danach***, wie gut und richtig es doch war, diesen Traum geträumt zu haben!

DIE DAME MIT DEM SARG

Auf ihren Spaziergängen zog Madame Giroflé Wirrschädel immer einen Sarg an einer Leine nach.

Und wer sie erstaunt darauf ansprach, wurde stets freundlich aufgeklärt:

„Ach wissen Sie, ein ***Hund*** käme für mich ***niemals*** in Frage. Der braucht einfach viel zu viel ***Auslauf***!“

DER HERR MIT DEM SARG

Im Vestibül seiner noblen Privatklinik hatte Chefarzt Dr. Safran Schmusegack einen überaus imposanten Sarg ausgestellt.

Damit hoffte er seinen Patienten „auf diskrete Weise" in Erinnerung zu rufen – was nicht selten am ***Ende*** einer ärztlichen Behandlung steht …

DER SARGFLEGEL

Vor jeder Gruftführung legte sich der frühere Lord Rüdiger Saugpudel rasch auf den Insassen eines fremden Sarges – um dann die Besucher auf flegelhafteste Weise, Grimassen schneidend zu erschrecken.

Ohne sein geliebtes Hobby wäre ihm die Zeit einfach zu lang geworden.

DIE RÄTSELHAFTE VISION

In einer nächtlichen Vision wurde dem völlig verarmten Sir Alec Fliegendreck sein eigener Totenschädel auf einem silbernen Prunktablett präsentiert.

Nun quälte ihn bis zuletzt die brennende Frage: Würde er ***in*** oder ***an*** Reichtum sterben?

DER PAPST ALS SCHLUPFLOCH

Als Schlupfloch für die „wahren Gottessucher“ verstand sich Papst Sparstrumpf der Generöse in tiefster Bescheidenheit.

Der Einzige, der ihm aber wirklich hinten hineinschlüpfte, war – wie könnte es auch anders sein – Freund Luzifer.

Und so folgte er eben ***diesem*** demütig und treu ergeben hinab in sein Revier.

DIE PITTORESKE LEICHE

Die mit viel Vorauspropaganda in der Akademie der schönen Künste ausgestellte Leiche von Sir Leckford Stadtnudel war so pittoresk, dass jedermann unbedingt ***ebenso*** aussehen wollte – was leider einen drastischen Anstieg der Selbstmorde nach sich zog.

Sodass man sich entschloss, das neue Idol lieber vorsorglich zu ***verbrennen***, ehe es weiteren Schaden anrichten konnte.

Worauf nun eine nicht minder große Zahl empörter Trauernder aus Solidarität ***gleichfalls*** den Feuertod wählte!

Es geht eben nichts über menschliche Leidens- und Begeisterungsfähigkeit …

Printed by Books on Demand GmbH, Norderstedt / Germany